Cut By: ____

Su nombre es Saikú, analista de datos y programador de reportes para una red de televisión importante. Creció en clase media. Sus padres murieron en un accidente automovilístico cuando él era sólo un niño. Fue criado por su tío. Saikú practica meditación y yoga y le gusta la filosofía oriental. Habla varios idiomas. Él trata de mejorar el mundo ayudando a otros a través de causas caritativas. Es un tanto apolítico pero tiene un inusual sentido justiciero. Saikú no come carne, ni pollo, pero sí pescado.

Ella se llama Satya y trabaja en un restaurante de comida rápida vegana parte de una cadena mundial. Satya es hija de un magnate de las telecomunicaciones. Su mamá, un espíritu libre y quien le puso el nombre, murió cuando Satya nació. Fue criada por su niñera. Satya habla varios idiomas y es experta en artes marciales. Es una rebelde. Dejó su hogar a temprana edad para valerse por sí misma, pues no estaba de acuerdo con la visión de su papá, quien tiene ideas de control y manipulación de los medios de comunicación. Satya pertenece a un grupo de activistas que luchan por causas sociales y por la igualdad de ingresos. Satya es vegana.

Ambos desean que el complejo industrial de comidas procesadas deje de existir pronto.

Ellos son muy ingeniosos pero también algo distraídos, olvidadizos y soñadores.

La época, un futuro no muy lejano. El lugar, una gran metrópolis. Aunque ellos no se conocen entre sí, sus vidas siguen un curso en cierta forma paralelo.

Es lunes por la mañana. Los dos durmieron de más y se les hizo tarde para ir a trabajar. Se alistan apresuradamente. Ambos manejan motocicleta.

DISTRAÍDO (IDO)

Letra y Melodía: Rivera / Seda
Música: No Matter What!

Despierto en la mañana (uuuaaa) y miro mi reflexión
Seguro que ya es tarde aunque no sé qué horas son (oh oh)
Me baño de volada y me dispongo a salir
y entonces me percato que las llaves perdí (¿dónde están mis llaves?)

Las busco en el ropero y en la sala también (¡no están aquí!)
y como no aparecen me hago algo de comer (mñan mñan)
Abro el congelador y entonces cuenta me doy
que ahí está mi llavero (¡mis llaves!) y sorprendido no estoy (¿por qué no me sorprende?)

Soy distraído (ido) (¡Oh Dios mío, es tan distraído!)
No sé cómo he llegado hasta aquí
Soy distraído (ido) (¡qué distraído!)
Disculpa no me acuerdo de ti (¿pero quién eres tú?)

Soy distraído (ido) (¡te pasas!)
Estoy en el despiste total
Soy distraído (ido) (brrrrip)
mi mente anda en un viaje espacial (wuuushh)

Dicen que padezco de TDA (T D A....)
Unas pastillas debo tomar (¡sí, toma pastillas!)
Mas no quiero medicina
prefiero relajarme y meditar (¡aliviánate!)

Soy distraído (ido) (¡que colgado!)
No sé cómo he llegado hasta aquí
Soy distraído (ido) (¿que, qué?)
Disculpa no me acuerdo de ti (¿quién, cómo, cuándo?)
Soy distraído (ido)
Estoy en el despiste total (¡qué bárbaro!)
Soy distraído (ido) (¡pero qué tipo!)
mi mente anda en un viaje espacial (¡pero no soy extraterrestre!)

(Solo de Trompeta)

(Eres un distraído carnalito. Estás ido, ¡ido!
Es tan distraído. No, espera, esa soy yo: yo soy la distraída
¡Chin! ¿Dónde están mis llaves? ¡No las encuentro!)

Me salgo de la casa y en el auto me voy (ruun, ruun, ruun)
Siento que algo se me olvidó pero no sé qué
se me hace raro que muy frío el piso está hoy (brrrrrrrr)
Mi tanque está vacío y por gas me paré

Un tipo se detiene conmigo a platicar (¿y éste quién es?)
Parece conocerme y en un rato se va (hasta luego)
Me pregunto ¿quién era? no me acuerdo de él (¡pues ya qué!)
No entiendo por qué se fijaba tanto en mis pies (¡¿quizá porque no traigo zapatos?!)

Soy distraído (ido) (¡pero que ido estás!)
No sé cómo he llegado hasta aquí
Soy distraído (ido)
Disculpa no me acuerdo de ti (¿Quién eres?)
Soy distraído (ido)
Estoy en el despiste total (¡no te manches!)
Soy distraído (ido) (¿que, qué?)
mi mente anda en un viaje espacial (wuuushh)

Dicen que padezco de TDA (blip, blup, blop)
Unas pastillas debo tomar (¡para nada!)
Mas no quiero medicina (¡toma pastillas!)
prefiero relajarme y meditar (OM) (¡relájate!)

A
B V C D
S V U
Z E D
T H D R
B O A
RX

Mc
Vegan
Mc
Vegan
Mc
Vegan

Soy distraído (ido) (No manches güey)
No sé cómo he llegado hasta aquí
Soy distraído (ido)
Disculpa no me acuerdo de ti (¿Quién eres?)
Soy distraído (ido) (¡eres un ido!)
Estoy en el despiste total
Soy distraído (ido) (ido, ido, idoooo)
mi mente anda en un viaje espacial (blip blup blop)

¿Qué fue lo que vine a hacer aquí?
Distraííiiido
Creo que vine por un vaso de leche
Distraííiiido
Oh no (¡¿otra vez?!)
Distraído
Tomé la calle equivocada
Distraído, (ídoooo)

Saikú se entera a través de su mejor amigo y compañero de trabajo Huiliang (quien es gay), que le van a ofrecer un ascenso. La jefa llama a Saikú a su oficina y le ofrece un gran aumento de sueldo y más responsabilidades. Saikú no entiende cómo la red puede afrontar tal gasto cuando están operando en números rojos. La jefa le dice que habrá despidos masivos y que su primera tarea será correr a los empleados. Aquellos con mayor antigüedad y prestaciones serán las primeras cabezas en rodar. ¡Huiliang está en la lista! Saikú presenta un plan de ahorro que normalizará el nivel de ganancias a través de reducciones salariales de altos puestos ejecutivos y conservación de energía; ¡y sin despidos! La jefa le dice que el plan no funcionará y que haga lo que se le pide o deje la compañía. ¡A Saikú le da asco la situación y renuncia!

Satya se da cuenta que la cadena de restaurantes de supuesta comida vegana para la cual trabaja, en realidad produce algunos de sus platillos utilizando una grasa animal prohibida. Esto la indigna y confronta al gerente. Satya explica que existen alternativas veganas que son inclusive más económicas. El gerente le dice que la cadena tiene contratos billonarios con los fabricantes de esos productos engañosos y que no haga olas o tendrá que despedirla. ¡¡Satya le dice que se meta sus productos por el culo y renuncia!!

NO LO SOPORTES MÁS
Letra y Melodía: Rivera / Seda
Música: No Matter What!

La economía en crisis, la empresa reestructura
Y la lealtad no importa cuando hay gastos que cortar
El nuevo presidente nos trata como idiotas

a los que no ha corrido, el sueldo les bajará
Nos dice que hay mucha gente esperando nuestros puestos
Hay que ser más productivos menos paga y más estrés
Y nos quejamos mucho por nuestra mala suerte
Nos engañamos pensando "no hay nada que hacer"

Mi voz interior se amplifica
Me dice levántate y márchate ya
Ponle fin a tanta injusticia
Deja para siempre este sitio infernal

No lo soportes más… no lo soportes más… ¡¡no lo soportes más!!

(Solo de trompeta)

Nos hemos conformado, la dignidad perdida
Ordeñan nuestro miedo, quitan el bono anual
mi voz interna grita con rabia y frustraciones
Me ruega que despierte y obtenga libertad

Que se joda la empresa y su mesa directiva
sólo pensando en ganancias y dinero derrochar
Por qué esperar más tiempo y arrepentirme luego
Debo arriesgarme ahora por mi propio ideal

Mi voz interior se amplifica
Me dice levántate y márchate ya
Ponle fin a tanta injusticia
Deja para siempre este sitio infernal
No lo soportes más… no lo soportes más… ¡¡no lo soportes más!!

La voz interior se amplifica
Nos dice levántense y márchense ya
Poner fin a tanta injusticia
Dejar para siempre este sitio infernal
No lo soporten más… no lo soporten más… ¡¡no lo soportes más!!

Satya y Saikú se sienten inseguros sin trabajo. Huiliang invita a Saikú a una manifestación en la plaza pública. Un evento pacífico de causas en pro de las minorías e inmigrantes indocumentados. Huiliang, además de ser gay, es también indocumentado ya que fue traído al país por sus padres cuando era sólo un bebé.

Como si estuviera escrito por el destino, Satya también va a la manifestación con su mejor amigo Tacari. Él es un joven gay de origen afro-americano que tiene un carácter muy ligero; bromea todo el tiempo y es al instante querido por toda la gente que le conoce. Tacari también tiene una actitud ardiente y luchadora.

wEeEooO

Una pelea se desata entre un supuesto nacionalista anglosajón y Tacari. Aunque Huiliang no conoce a Tacari, se mete en la pelea para tratar de ayudarlo pero a los dos los están golpeando mucho.

Satya se da cuenta y se mete también. Ella es una artista marcial de primer orden y comienza a apoderarse de la situación subyugando al susodicho nacionalista y acompañantes.

Saikú viene regresando de comprar algo de comer y se mete en la pelea también, pero su intención es detenerla. En el proceso, se pone en la línea de fuego para proteger a Satya de una bala de hule que lo noquea. La policía llega y la pelea se disipa.

Saikú recupera el conocimiento dentro de la camioneta de policía. A Satya, Tacari, Huiliang y Saikú los están llevando a la estación de policía junto con el nacionalista anglosajón.

Huiliang le revisa las heridas a Tacari. Satya le da las gracias a Saikú por recibir el balazo de hule para protegerla. Él le agradece a ella por ayudar a sus amigos. Hay chispas eléctricas en el aire.

Saikú platica con el supuesto nacionalista. Su nombre es Aitán. Saikú le pregunta si está bien mientras revisa sus heridas. Saikú le comenta que usualmente, las minorías no tienen el poder de decidir en su situación. Aitán está pasando por un momento terrible. Fue despedido injustamente de su trabajo y perdió su casa y su familia debido a la reciente depresión económica. Aunque está plenamente consciente de los defectos del gobierno y la tiranía del mandato corporativo, Aitán está convencido (a través de propaganda) que las minorías e inmigrantes indocumentados tienen la culpa.

Saikú le explica que de hecho es la élite corporativa gobernante, con un enfoque basado en el concepto de "divide y vencerás", quien es la culpable; y que todos experimentan el mismo sufrimiento sin importar raza u origen. Parece que ambos logran un entendimiento. Satya y los demás están perplejos al ver lo fácil que fue comunicarse. Todos quedan de acuerdo en mantenerse en contacto.

EN TOLERANCIA

Letra y Melodía: Rivera / Seda
Música: No Matter What!

En tolerancia, o intolerancia
Guerras hay por falta de tolerancia
en odio se torna el miedo creado por la ignorancia
¿Acaso un dogma impuesto nos ha orientado mal?
¿Cómo nos damos cuenta que tolerar es amar?

Cuando conocemos a quienes odiar creemos
nos damos cuenta que a ellos mucho nos parecemos
Orientación sexual, raza, género, religión
o nacionalidad, provocan odio sin razón

Si homosexual: "¡promiscuo!" ¡NO!
Si de piel negra: "¡maleante!" ¡NO!
Si de piel blanca: "¡racista!" ¡NO!
Si musulmán: "¡terrorista!" ¡NO!
Si pro-aborto, "¡asesino!" ¡NO!
Si contra-aborto, "¡fanático!" ¡NO!
Si somos ricos, "¡avaros!" ¡NO!
Si somos pobres, "¡huevones!" ¡NO!
Si inmigrante, "¡ilegal!" ¡NO!
Si tatuado, "¡pandillero!" ¡NO!

Acaso es una locura
el seguir anhelando…
Coexistencia en paz / sin tanto odio / sin tanto juicio / y sin temor

En tolerancia, o intolerancia

Tolerancia, Intolerancia ¿cuál escogemos?
Haz un esfuerzo consciente o todos perdemos

(Solo de guitarra)

Juzgar y demonizar a quien nos juzga y condena
evita romper el ciclo que ahora nos encadena
Pero ser tolerante necesita de fuerza y valor
ser violento es más fácil que tener auto-control

Si homosexual: "¡promiscuo!" ¡NO!
Si de piel negra: "¡maleante!" ¡NO!
Si de piel blanca: "¡racista!" ¡NO!
Si musulmán: "¡terrorista!" ¡NO!
Si pro-aborto, "¡asesino!" ¡NO!
Si contra-aborto, "¡fanático!" ¡NO!
Si inmigrante, "¡ilegal!" ¡NO!
Si tatuado, "¡pandillero!"

¿Por qué no anhelar… coexistencia en paz / libre de temor?

En tolerancia, o intolerancia
La cuestión no es en lo más mínimo ¿quién tiene la razón?
Tolerancia, Intolerancia ¿cuál escogemos?
Haz un esfuerzo consciente o todos perdemos

En tolerancia, o intolerancia
¿Qué chingados escogemos? Conserva la calma

SALE !
THE HOUR

ICE
POLICE

Saikú piensa mucho en Satya. Ella piensa bastante en él también. Tacari y Huiliang igualmente piensan el uno en el otro. Saikú tiene tantos planes al igual que Satya. Ambos han sufrido desencantos emocionales en sus vidas, y están increíblemente vacilantes ante el prospecto de iniciar una nueva relación amorosa. Sin embargo, los dos se sienten con gran energía y entusiasmo gracias a su encuentro reciente.

Saikú platica al respecto con su tío, quien lo crió y le enseñó a meditar. Él espera que su tío le dirá claramente qué camino tomar, pero este último le dice que escuche a su intuición y siga a su corazón.

Satya consulta con su nana, quien la crió. Ella también espera recibir dirección clara de su niñera, pero la nana le dice que bien si parece que Saikú tiene un alma dócil, Satya debe hacerle caso al corazón y no forzar nada.

Aunque ambos tienen sus dudas, algo en su interior les dice que olviden el pasado y se sumerjan nuevamente en los caminos desconocidos e impredecibles del amor.

HAZLO YA
Letra y Melodía: Rivera / Seda
Música: No Matter What!

Me doy cuenta que estoy corriendo sin sentido,
nunca paro, me he perdido
en asuntos triviales de poca importancia

Observo que mi vida se me escapa
como arena entre los dedos
y ninguno de mis sueños se ha hecho realidad

Mucho he esperado por una respuesta
Ya no queda más nada que pensar
Es tiempo de olvidar limitaciones
Demoler los miedos, tengo el control
No hay tiempo que perder soñando en lo que será
¡La vida no para! cuando el cuerpo duerme

Es hora de andar sin distracciones
concentra tu mente y ¡hazlo ya!
¡¡No esperes un segundo más!!

Esta energía que llevo por dentro
me llena de vida y me hace vibrar
Ya la desidia desaparece,
quedó en el ayer, ya no miro atrás
Cada respiro, la tierra que piso
y el presente instante son mi verdad

Es hora de andar sin distracciones
concentra tu mente y ¡hazlo ya!
¡¡Ahora mismo hay que actuar!!

(Interludio de Trompeta)

Excusa tras excusa trato de justificar
¿por qué no puedo actuar?
millones de razones brotan en mi mente

Es como si estuviera saboteando mis anhelos
no hay realmente circunstancias
ni personas que pueda culpar

Mucho he esperado por una respuesta
Ya no queda más nada que pensar
Es tiempo de olvidar limitaciones
Demoler los miedos, tengo el control
No hay tiempo que perder soñando en lo que será
¡La vida no para! cuando el cuerpo duerme

Es hora de andar sin distracciones
concentra tu mente y ¡hazlo ya!
¡¡No esperes un segundo más!!

Esta energía que llevo por dentro
me llena de vida y me hace vibrar
Ya la desidia desaparece,
quedó en el ayer, ya no miro atrás
Cada respiro, la tierra que piso
y el presente instante son mi verdad

Es hora de andar sin distracciones
concentra tu mente y ¡hazlo ya!
¡¡Ahora mismo hay que actuar!!

(Solo de Trompeta)

¡Hazlo Ya! ¡¡No esperes un segundo más!!

Esta energía que llevo por dentro
me llena de vida y me hace vibrar
Ya la desidia desaparece,
quedó en el ayer, ya no miro atrás
Cada respiro, la tierra que piso
y el presente instante son mi verdad

Es hora de andar sin distracciones
concentra tu mente y ¡hazlo ya!

FAST TRANSIT
STRESS
100

Satya y Saikú reciben una misteriosa invitación por texto a una reunión sobre causas anti-guerra / en pro de la paz. Resulta que la invitación proviene de Aitán. Ellos esperan encontrarse con un grupo bastante homogéneo de anglosajones en el evento pero para su sorpresa, la congregación es súper diversa con gente de todos orígenes. Tacari y Huiliang también asisten a la reunión.

A pesar de que las distintas agrupaciones presentes pelean por causas diferentes y opuestas en apariencia, todos están de acuerdo que el despilfarro y abuso por parte del complejo militar industrial, en nombre de la democracia y la libertad, han agotado los recursos del país y les afecta a todos mientras que sólo beneficia a un grupo muy reducido. Hay un círculo de consejeros cuyos miembros son los líderes de las diferentes agrupaciones individuales.

Un grupo de ex-soldados presenta las atrocidades cometidas en el exterior por la milicia del país en contra de pueblos que de otra forma serían pacíficos.

EN NOMBRE DE LA PAZ
Letra y Melodía: Rivera / Seda
Música: No Matter What!

Impuestos que son malgastados
Por todo el mundo en guerras y dolor
En vez de ayudar a los pobres
Siendo violados en las calles hoy

Malvados, esconden la faz
Sus víctimas
niños que mueren sin paz

Sus cómplices, todos los medios son
Y ellos no paran de derrochar
Juventud vuelta carne de cañón
"Humanitarias" sus mentiras lo son
Sangrienta ilusión

Cuando guerras hay
En nombre de la paz
Sólo una causa hay
Codicia del tipo Imperial
En nombre de la paz

(Solos de Trompeta y Guitarra)

Malvados, esconden la faz
Sus víctimas
niños que mueren sin paz

Total control geopolítico
Naturaleza roban por doquier
También de humanos quieren tener control
Es roja la mancha en su blanco algodón
Sangrienta ilusión

Cuando guerras hay
En nombre de la paz
Sólo una causa hay
Codicia del tipo Impe...

Cuando guerras hay
En nombre de la Paz
Sólo una causa hay
Codicia del tipo Imperial
En nombre de la paz

Cuando guerras hay…
¡En Nombre De La Paz!

Todos salen de la reunión con un nuevo sentimiento de fraternidad y conectividad. Aún los nacionalistas más extremistas comprenden que la lucha económica que los inmigrantes encaran es igual a la suya. Las minorías también se percatan que la causa del odio que los nacionalistas sienten por ellos es la desigualdad económica que afecta a todos por igual. Al parecer han encontrado terreno común en el sentimiento anti-guerra.

Después del evento Satya y Saikú se encuentran solos en una azotea. Las palabras son limitadas y las miradas profundas. Una conexión de almas que ninguno de los dos había experimentado nunca antes. El aire se llena de magia. Se besan, y el mundo con su multitud de problemas es olvidado por un instante que parece durar una eternidad.

Una situación similar ocurre entre Tacari y Huiliang en un lugar distinto.

BOSSAMBALA
Música: No Matter What!

Seis meses después, Satya se encuentra con Tacari en un café vegano. Ellos conversan sobre sus nuevas relaciones y lo felices que se sienten. Él también le dice que ella debería dedicar más tiempo a las causas locales en pro de las minorías, las cuales afectan su "realidad" más de cerca, y que debería pasar menos tiempo luchando en contra de las guerras foráneas que están desconectadas de su vida cotidiana. Ella no está de acuerdo y le explica que ambas causas están interconectadas.

HOLLYWOOD
MORE MORE MORE

NOOO

Repentinamente un grupo de fanáticos homofóbicos entra al café y comienza a perturbar la paz. Tacari no lo soporta más y les dice: ¡Qué se vayan a la chingada!

LUCHA Y NO TE DES
Letra y Melodía: Rivera / Seda
Música: No Matter What!

[Esta es la historia de Naila]
Esta es la historia de una niña
Ella se llama Naila, y sucedió
que a los ocho años *[Acosada a los ocho años]* fue acosada
Por dos tímidas gemelas retorcidas *[Bien retorcidas]*

La acorralaron, en la pradera
Había caca de vaca por doquier *[¡Guácala!]*
y le dijeron que la comiera *[¡Puagh!]*
Asustada y todo Naila no cedió

No comería esa mierda jamás
Y perder su dignidad
Desde ese día aprendió a luchar
No dejarse pisotear

Hoy Naila lucha junto al Pueblo *[Está con El Pueblo]* "¡Con El Pueblo!"
El rival es mucho más gigantesco
Conglomerado de Fuerzas Viles del Mal

Naila lucha y no te des
¡Lucha, no te des! ¡Lucha!

Tacari está confiado que Satya saldrá en su defensa pero se sorprende cuando ella sugiere que corran y escapen. Ella le dice que no puede pelear sus peleas y que la paz debe prevalecer. Tacari le dice que ella está siendo muy influenciada por Saikú y que ha perdido la perspectiva.

Se inicia una pelea. De repente Tacari recibe un fuerte golpazo en la cabeza y termina en estado de coma en el hospital. Satya se siente terrible y algo responsable al respecto. El papá de Tacari, un ministro religioso fundamentalista que odia a la comunidad gay, y que se acaba de enterar sobre la orientación sexual de su hijo, culpa a Satya y le prohíbe que lo visite. También prohíbe que Huiliang visite a su hijo.

Satya se siente devastada y confundida. Ella decide olvidarse de la causa anti-guerra y reenfocar su energía en causas locales como Tacari lo había sugerido. Saikú se opone de todo corazón. Él está muy disgustado y no le es posible comunicarse claramente con ella. Ambos son tan obstinados como determinados por igual y se inicia una GRAN riña entre los dos.

LA CANCIÓN DEL MAL

Letra y Melodía: Rivera / Seda
Música: No Matter What!

Yo siempre bien / tú nunca bien
Tú siempre mal / yo nunca mal
Tú nunca bien / yo siempre bien
Yo nunca mal / tú siempre mal

Me dices que te juzgo
y cuando lo haces el que juzga eres tú
Me estoy volviendo loco
pues sólo loco puedo yo ver la luz

Yo siempre mal / tú nunca mal
Tú siempre bien / yo nunca bien
Tú nunca mal / yo siempre mal
Yo nunca bien / tú siempre bien

Te digo que me juzgas
y cuando lo hago el que juzga soy yo
Te estás volviendo loco
pues sólo loco se le encuentra el sabor

Estamos bien, ¡¡siempre!!
Y ellos maaaaaaal
Nunca están bien, ¡¡No, No!!
Nosotros nunca mal, mal, mal, mal, mal, mal, maaaaal
¡A huevo!

(Solos de Guitarra y Trompeta)

¿Qué pedo güey, qué te pasó?
Ya no la cagues por favor
Que loca estás, ya me cansé
¿Por qué no dejas de joder?

Me dices que te juzgo
y cuando lo haces la que juzga eres tú
Me estoy volviendo loca
pues sólo loca puedo yo ver la luz

Tienes razón / que loco estás
Mi culpa es / no dudes más
Soy un gran güey / neta que sí
No hay solución / ya me jodí

Te digo que me juzgas
y cuando lo hago la que juzga soy yo

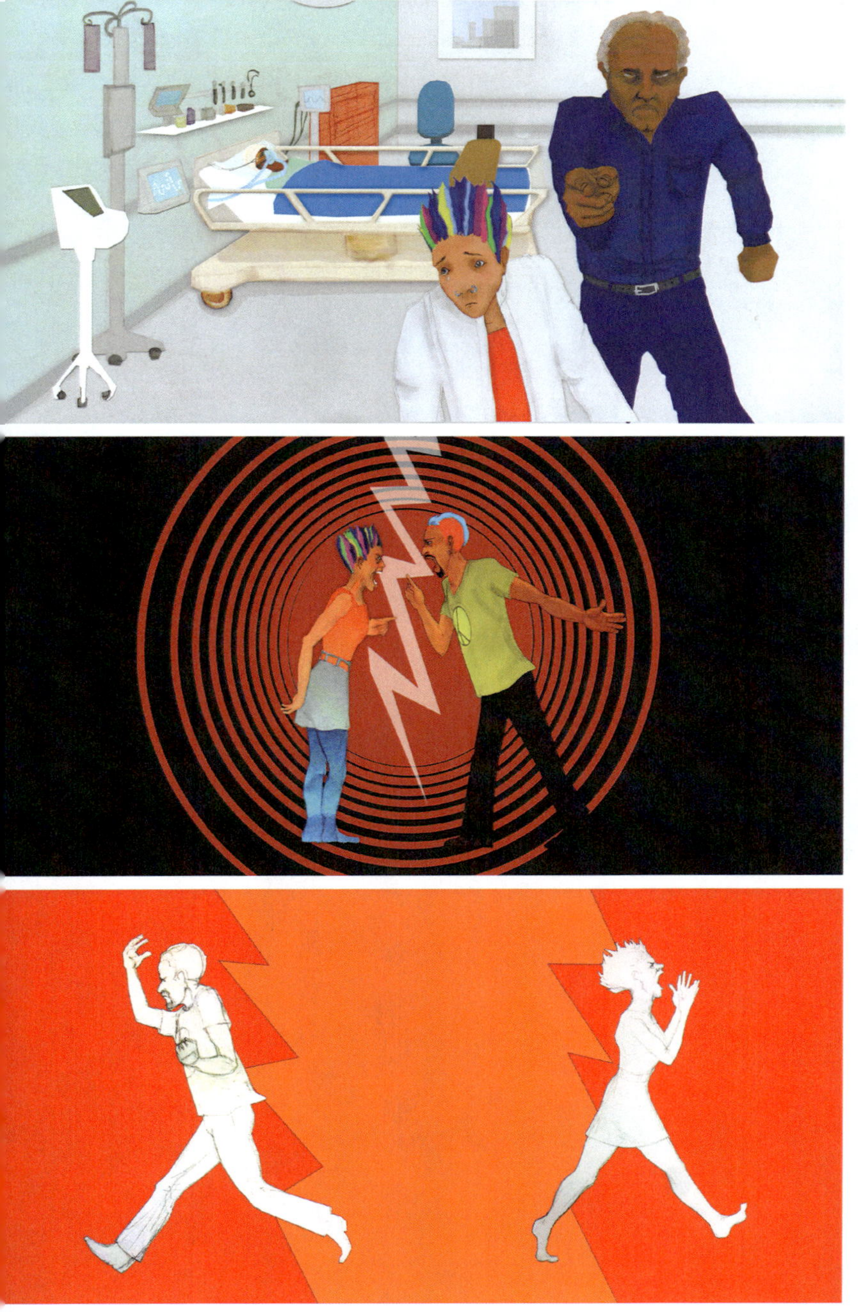

SATYA
Verdad e Integridad
En Sánscrito

SAIKÚ
Prudente y Sabio
En Jeroglíficos Egipcios

SELAM
Paz
En Amhárico

AITÁN
Fuerte
En Hebreo

ITZEL
Diosa del
Arco Iris
En Maya

HUILIANG
Amable y Bueno
En Chino

TACARI
Guerrero
En Dialecto
Africano

Te estás volviendo loca
pues sólo loca se le encuentra el sabor

Estamos bien, ¡¡siempre!!
Y ellos maaaaaal
Nunca están bien, ¡¡No, No!!
Nosotros nunca mal, mal, mal, mal, mal, mal
Nunca mal, mal, mal, mal, mal, mal
Nunca mal, mal, mal, mal, mal, mal, maaaaal

¡¡Qué ridículo!! / ¡¡Neta güey!!

   Satya y Saikú rompen su relación y caen en un estupor de miseria emocional. Deambulan solos, tristes y perdidos. También se culpan el uno al otro por su intransigencia e inhabilidad para llegar a un acuerdo.

LA GENTE LA CAGA

Letra y Melodía: Rivera / Seda
Música: No Matter What!

La gente la caga, amigos te fallan
Nunca imaginas quién el paro te hará

A veces creemos conocer a alguien
Fijamos muy altas expectativas
¡Cuidado! podría estar sólo en la mente
Probable no sepan lo que esperamos

Nos exponemos otra vez *[Nos exponemos de nuez]*
a la decepción y el sufrimiento
Parece que no hemos aprendido *[al dolor y decepción]*
cuáles son las reglas del juego
Deseos y miedos deben desaparecer *[¿cuándo vamos a entender?]*
antes de poder estar contentos
¿cuándo vamos a entender? *[que es nuestra la decisión]*
somos nosotros y no ellos

(Cuando…) La gente la caga, amigos te fallan
Nunca imaginas quién el paro te hará

Pensamos familia y cuates ayudan
si estamos pasando una mala racha
Posible que nos sorprenda encontrar
un extraño que esté dispuesto a ayudar

Un extraño se vuelve amigo *[Nace una nueva amistad]*
todo va bien otra vez

La ansiedad no rindió ningún fruto *[Todo va bien otra vez]*
Pinche pérdida de tiempo y puro estrés
Las voces en la mente gritan *[No es lo que parece ser]*
pero sólo es un mal sueño
Las apariencias engañan *[No hay blanco o negro total]*
No hay blanco o negro total

(Cuando…) La gente la caga, amigos te fallan
Nunca imaginas quién el paro te hará

La gente la caga, amigos te fallan
Nunca imaginas…. nunca imaginas quién el paro te hará

Unos meses después, Saikú y Satya continúan totalmente enfocados en sus causas separadas (aunque intrínsecamente relacionadas). Cada uno aún culpando al otro por su tristeza emocional.

Por casualidad Satya conoce vía Internet a una mujer muy joven. El nombre de la muchacha es Selam y ella logró penetrar la prohibición de acceso al Internet en su país lejano. Ella está pidiendo ayuda. Resulta que ella vive en uno de esos países plagados con guerras por recursos naturales desde antes que ella naciera. La única esperanza de Selam es que haya paz y que mejore su vida. A pesar de su desafortunada situación, ella sabe que la gente del país cuyas fuerzas militares han invadido al suyo no tiene la culpa, al menos no de manera consciente. Selam comparte un video espantoso y algunas historias que producen un gran dolor en Satya y que renuevan en ella la convicción que las guerras de agresión llevadas a cabo por su país en el supuesto nombre de paz y libertad, van en contra de cualquier causa de igualdad social por la cual ella pelea a nivel local.

ANHELO LA PAZ (NIÑA DE GUERRA)
Letra y Melodía: Rivera / Seda
Música: No Matter What!
Cita final: Amy Goodman

Me encuentro jugando en el jardín con mis muñecas. Estoy en la casita de árbol que mi papi me construyó; el sol se asoma a través de la ventana

Respiro profundamente y disfruto del sonido del canto de los pájaros. Bajo del árbol y juego con mi gatito; lo abrazo fuertemente muy cerca de mi corazón

De la nada… ¡Una explosión estruendosa me despierta y me regresa a la realidad!

Mi nombre significa paz pero no sé qué es eso…

MANKIND MUST PUT AN END TO WAR BEFORE WAR PUTS AN END TO MANKIND
WHEN THE RICH WAGE WAR IT'S THE POOR WHO DIE
disarm NOW
It Doesn't Have To Be This Way
NO MORE WAR

Anhelo la paz que nunca sentí (anhelo la paz)
Anhelo la paz que nunca sentí (anhelo la paz)
Anhelo la paz que nunca sentí (anhelo la paz)
¡Anhelo la Paz!

Niña de Guerra: la vida que llevo yo
Soy Niña de Guerra… Niña: El mundo en que vivo yo

Mi país por la guerra destrozado
desde antes que hubiera llegado
tanto sufrí antes de los cuatro cumplir
ya no lloro más, fría me volví

Quisiera el mundo viera
qué desgracia vergonzosa
Abusos de poder
la más común de las cosas

Mi padre asesinado, violada mi mamá
¿Dónde están mis hermanos? no volverán jamás
He visto tantos niños aterrorizados
corriendo por sus vidas, sueños destrozados
balazos a cambio de tirar pedradas
violencia, más violencia (violencia sin fin) ¿Cuándo acabará?

Puedes sacar a un niño de la guerra, pero jamás le sacarás la guerra al
niño. Ojo por ojo y pronto todo el mundo quedará ciego, pero yo quiero
ver y ya no ser...

Niña de Guerra… Niña: la vida que llevo yo
Soy Niña de Guerra… Niña: El mundo en que vivo yo

(Solos de Trompeta y Guitarra)

Anhelo la paz que nunca sentí (anhelo la paz)
Anhelo la paz que nunca sentí (anhelo la paz)
Anhelo la paz que nunca sentí (anhelo la paz)
¡Anhelo la Paz!

Niña de Guerra: la vida que llevo yo
Soy Niña de Guerra… Niña: El mundo en que vivo yo

Se incrementa el odio dentro de mí
Dime ¿cómo puedo alejarlo de aquí?
Luchamos por la tierra, no bajo un mandato
Nuestra familia defendemos de insensatos
¿Cómo aliviarnos de esta gran aflicción,
librarnos de esta decadente pudrición?

¿Acaso es posible coexistir?
¿Qué es lo que hay que hacer para cesar y desistir?
Si el mundo nos viera, habría más compasión
¿Es factible en paz vivir? ¿Cuál es la solución?
¿Quién dará el primer paso hacia la no-violencia?
¿Tiene algún sentido, civil desobediencia?

Tal vez cuando nos demos cuenta de que todos somos humanos,
podremos empezar a vivir juntos en lugar de matarnos unos a otros

"¿Imaginan si, por sólo una semana, viésemos las imágenes de la
guerra todos los días: una fotografía y la historia de un soldado muerto
o moribundo, un bebé muerto en el suelo, o una familia muerta en
un ataque por aviones a control remoto, o una mujer con sus piernas
destrozadas por bombas de racimo? Los estadounidenses son un pueblo
compasivo, ellos dirían: ¡No!, la guerra no es la respuesta a los conflictos
en el siglo veintiuno."

Satya se comunica con Saikú para compartir las historias y video de Selam,
pues él es aún parte del movimiento anti-guerra / en pro de la paz. Tienen una
larga conversación acerca de su involucramiento en sus causas individuales. Él
le pregunta por Tacari. Ella responde que Tacari sigue en coma y que su papá aún
sigue prohibiéndole visitarlo en el hospital.

Aunque el aire está cargado de tensión emocional y electricidad, el orgullo de
ambos no les permite admitir cuanto se extrañan. Finalmente Saikú aborda el tema
y le pregunta cómo le va. Él abre su corazón y confiesa que siente muchísimo que
hayan terminado la relación. Él se sorprende al enterarse que ella comparte su
sentir y le pregunta si cree que valdría la pena regresar y tratar de nuevo. Tienen
una larga conversación acerca de cómo se desarrollaron las cosas, reconocen su
inhabilidad para escuchar en el pasado y deciden intentar una vez más.

ANTES QUE NO HAYA MÁS AMOR
Letra y Melodía: Rivera / Seda
Música: No Matter What!

Parece que fue ayer, cuando nos conocimos
Súbitamente fue, que en amantes nos convertimos

Era un delirio total
no parecíamos saciarnos nunca
Al siempre juntos estar
no recordamos pasar tiempo a solas
Algunas lunas pasaron
y ya el mismo techo compartimos
Quizá nos precipitamos
y esperar un poco más debimos

30%
CREE
brew

Todo se intensificó
y la tensión era insoportable
la risa se transformó
en gritos desagradables

¿Adónde vamos de aquí?

Antes que no haya más amor
Tanto que hay por crear, no te marches hoy ¡Quédate!
¿Qué podemos hacer, para salvar
el tiempo que aún hay para amar?

(Solo de Fiscorno)

No nos olvidemos
que algo especial tenemos *[Tan especial]*
Y si un problema es extremo
buscar ayuda podemos

Y dejar de pelear
por cosas que no valen la pena
Dejarnos de insultar
y erradicar este odio que quema
Aunque quizás tome tiempo
no es aún demasiado tarde
Tú el amor de mi vida
y de eso no puedo olvidarme

Somos amigos y no rivales
conservemos la esperanza viva
pongamos fin a conflictos triviales
permanezcamos cerca noche y día

Tratemos de ver la luz

Antes que no haya más amor
Tanto que hay por crear, no te marches hoy ¡Quédate!
¿Qué podemos hacer, para salvar
el tiempo que aún hay para amar?
Antes que no haya más amor
El amor verdadero nunca se acaba, sólo se transforma

Después de ver el video de Selam, Satya y Saikú comprenden claramente la unidad subyacente entre la gente alrededor del mundo, y las repercusiones globales de las acciones del complejo militar industrial de su país al mando de una salvaje élite la cual tiene comprado al gobierno. Una máquina de guerra sufragada en su mayoría por los impuestos que Satya, Saikú y sus compatriotas pagan, mientras que escasos recursos son destinados a programas para el beneficio común.

Adicionalmente, Satya encontró un video en el cual un grupo de políticos influyentes y conocidos, así como individuos de la clase gobernante, están planeando las próximas guerras de agresión para el control de recursos naturales. Algunos de estos individuos son gente famosa del mundo del entretenimiento y noticieros quienes son queridos por la mayoría de la gente común. Es evidente que este grupo detesta a las clases más bajas sin importar su origen, raza, religión, orientación sexual, etc. y que su única preocupación es tener más dinero y poder para vivir vidas vacías pero llenas de lujo y despilfarro.

Satya y Saikú deciden compartir la historia de Selam y los videos con el grupo clandestino anti-guerra / en pro de la paz durante su próxima reunión secreta.

Durante la reunión, uno de los miembros del círculo de consejeros, una benévola mujer llamada Itzel, informa a todos que un hacker de su grupo ha desarrollado un programa de alcance mundial que tiene la habilidad de tomar el control de todos los medios de comunicación por un corto lapso. Ella sugiere compartir la información obtenida por Satya utilizando esta herramienta para concientizar a la gente del mundo y, quién sabe, a lo mejor un levantamiento pacífico a nivel mundial pudiese ser el resultado.

Los otros miembros del círculo de consejeros tienen temor que exponer su red pueda terminar afectando negativamente el terreno que han ganado hasta el momento. El círculo recomienda no compartir la información con el mundo.

Satya y Saikú están estupefactos y no entienden cómo tal oportunidad tan valiosa puede ser desperdiciada. Ellos apelan al círculo una vez más.

ACTUAR SIN HABLAR
Letra y Melodía: Rivera / Seda
Música: No Matter What!

Actuar sin hablar requiere valor
tener las agallas, tratar sin temor

Decimos haber hallado
el sueño tan anhelado
Cansados del mismo cuento
éste es nuestro momento

Dispuestos a darlo todo
sin importar lo que pase
pase lo que pase

Mas las palabras suenan huecas
Si no se apoyan en acción
En el mundo sobran promesas
Lo que falta es la pasión

N
NO
NO

wait no wait no
wait no wait no
wait no wa
wait no wa
wait no wa
wait no wa
wait no
wait no wa
wait no wa
wait no
wait no wait no
wait no wait no
wait no wait no
wait no

Pensé el sueño era común
algo que no sucede a diario
mas creo nos equivocamos
por la emoción fuimos cegados

¿Acaso hemos perdido el tiempo?
debimos cuenta darnos ya
Como veletas en el viento
moviéndonos sin avanzar

Actuar sin hablar requiere valor
tener las agallas, tratar sin temor
Actuar sin hablar requiere de intensidad
de un ardiente deseo por la meta alcanzar

(Interludio de Bajo)

Decimos haber hallado
el sueño tan anhelado
Cansados del mismo cuento
éste es nuestro momento

Dispuestos a darlo todo
sin importar lo que pase
pase lo que pase

Mas las palabras suenan huecas
Si no se apoyan en acción
En el mundo sobran promesas
Lo que falta es la pasión

Actuar sin hablar requiere valor
tener las agallas, tratar sin temor
Actuar sin hablar requiere de intensidad
de un ardiente deseo por la meta alcanzar

Actuar sin hablar… requiere de valor
Actuar sin hablar… tener las agallas
Actuar sin hablar… tratar sin temor
Actuar sin hablar… Uuuuuu… ¡requiere de intensidad!

Algún tiempo pasa e inesperadamente Satya y Saikú son contactados por Itzel.
Ella les dice que después de un largo esfuerzo, logró convencer a los otros miembros del círculo de consejeros para idear un plan y compartir con el mundo entero
la información que Satya les proporcionó. Algunos individuos de la agrupación
tienen altas habilidades técnicas y encontraron una manera de inundar todos los
medios de comunicación incluyendo medios convencionales y en línea, redes sociales y redes subterráneas con la información, traduciéndola simultáneamente.

Deciden llevar a cabo el plan y una mañana marcada por el destino, la información es presentada a las masas alrededor del mundo. Se torna viral de inmediato y la indignación de la gente buena de todas las clases alrededor del planeta es suficiente para provocar una reacción que resulta en un levantamiento pacífico contra las élites gobernantes del mundo entero. Una revolución pacífica peculiar, llevada a cabo en ambos planos: físico y virtual, se pone en marcha.

PODER DEL PUEBLO

Letra: Rivera / Seda / Carfi
Melodía: Rivera / Seda
Música: No Matter What!

Poder del Pueblo
Toma acción contra el poder

En la unión está el poder
bastaría con remover la segregación auto-impuesta
Clara es la meta común:
una vida mejor aún en toda nación del planeta

Cuando actúas con valor tú te vuelves inspiración
y una reacción en cadena (se desata)
Y la gente se da color que en la misma situación
todos estamos

¡Las divisiones! ¡Artificiales! ¡Dan frustraciones! y nos aíslan...

Déjame ayudar con tu situación, no eres un extraño más
ninguna persona es como una isla
la organización es la solución, es posible si tú y yo
unimos esfuerzos en contra de aquellos que nos oprimen hoy

Poder del Pueblo
Toma acción contra el poder
que ahoga tu ilusión, te llena de temor
Que este fuego te inspire, te eleve y encienda el deseo en ti
de ser un solo pueblo, una raza: la raza humana

Poder del Pueblo
Toma acción contra el poder
Poder del Pueblo

Si te dicen la batalla es imposible de ganar
que algo en lo que crees, jamás será factible

No aceptes más las mentiras que hablan
expón la verdad como un nogal cuyas hojas caen
ellos también lo harán

BREAKING NEWS

NO MORE WARS
END ALL WARS
VOS
MULTILATERAL DECLARATION OF WORLD PEACE
SPECIAL REPORT
THE WARS ARE OVER

Haciendo historia, la vida es aleatoria
y no tiene que ser nada complicada
cuando la verdad es navegada con integridad

¿Lo ves? Al nacer, somos libres tal
como el viento y el aliento
Y la gente cuando unida siempre encuentra la salida

Ya la flama de tu libertad, prendida como el fuego
¡Sí, sintamos el poder del pueblo!

(Solo de Saz)

Martín Luther King y Gandhi están
como ejemplo que a través de paz
se puede ser libre
Olvidemos la necesidad
de una recompensa personal
unidos es posible

¡Las divisiones! ¡Artificiales! ¡Dan frustraciones! y nos aíslan...

Déjame ayudar con tu situación, no eres un extraño más
ninguna persona es como una isla
la organización es la solución, es posible si tú y yo
unimos esfuerzos en contra de aquellos que nos oprimen hoy

Poder del Pueblo
Toma acción contra el poder
que ahoga tu ilusión, te llena de temor
Que este fuego te inspire, te eleve y encienda el deseo en ti
de ser un solo pueblo, una raza: la raza humana

Poder del Pueblo
Toma acción contra el poder
¡Poder del Pueblo, Poder del Pueblo, Poder del Pueblo, Poder del Pueblo!

Después de meses de lucha la victoria es alcanzada y un período de paz y prosperidad para todos da inicio. Los perpetradores son traídos ante la justicia pero no se les confiere odio. La ausencia de guerras resulta en una mejor economía ahora enfocada en energías renovables, sostenibilidad y el bien común. Las mejores circunstancias económicas tornan a la gente más pacífica y aceptantes de los demás.

Satya logra colar a Huiliang en la habitación del hospital en la cual Tacari ha estado en coma por muchos meses. Saikú también está presente para ofrecer apoyo.

El papá de Tacari, quien llega de repente, está indignadísimo y amenaza con llamar a la policía para que los saquen a todos del hospital. Está gritando a viva voz, culpándolos a todos una y otra vez por la condición de su hijo.

Satya y Saikú logran contener al papá por un momento mientras Huiliang le habla a Tacari. Él toma su mano; lo besa afectuosa y dulcemente en la frente y le pide que regrese por favor. ¡El mundo es ahora un mejor lugar para ellos y él lo extraña tanto!

Repentinamente, y gracias al poder del amor, Huiliang logra alcanzar el subconsciente de Tacari ¡quien abre los ojos! Él está extremadamente débil pero totalmente consciente.

El papá de Tacari está tan agradecido de tener nuevamente a su hijo que no sólo perdona a Satya y sus amigos, pero también comprende completamente lo que acaba de suceder y acepta la orientación sexual de Tacari y su relación con Huiliang.

Tacari, quien siempre ha sido muy querido por todos gracias a su naturaleza gentil, entusiasmo contagioso y sentido del humor, pregunta ¿por qué todos se ven tan felices y si se ha perdido de algo? Todos ríen y la habitación reboza con amor, abrazos y besos.

Unas horas más tarde, Saikú y Satya están afuera del hospital, que se encuentra en medio de la ciudad. Están parados junto a sus motocicletas. El cielo claro es de un radiante color azul y el aire se siente más limpio por alguna razón. Se miran por un largo momento, con grandes e increíbles sonrisas en sus rostros. Asienten el uno al otro en silencio, se ponen sus cascos, se suben a sus motos, salen de la ciudad y viajan a través de caminos sinuosos entre la naturaleza a gran velocidad mientras el sol se pone en el horizonte.

ADRENALINA Y LIBERTAD
Letra y Melodía: Rivera / Seda
Música: No Matter What!

¡¡Adrenalina!! ¡¡Libertad!!

Fin

CRÉDITOS DE GRABACIÓN

Ingeniero de sonido y grabación: Héctor Rivera. Grabado en los Estudios Riverananda, Los Ángeles, CA excepto donde se indica de otra forma.

Narración de la historia grabada por Carlos Rivera en Puerto Vallarta, México. Edición: Hector Rivera. Mezcla: Shawn Lyon.

Todas las rolas producidas por Héctor Rivera y Mona Seda.

Todas las rolas mezcladas por Shawn Lyon en sus Estudios, Los Ángeles, California excepto donde se indica de otra forma.

Todas las rolas masterizadas por Shawn Lyon en sus Estudios, Los Ángeles, California

DISTRAÍDO (IDO)
Mona Seda – Voz y Trompeta
Héctor Rivera – Voz, Guitarra y Batería
Daniele De Cario – Bajo Eléctrico

Guitarras de Héctor grabadas por Jean Luis Contreras en los Estudios Gracon, Los Ángeles, California

NO LO SOPORTES MÁS
Mona Seda – Voz y Trompeta
Héctor Rivera – Voz, Guitarra, Batería y Bongos
John Carfi – Bajo Eléctrico

Batería y Bajo Eléctrico grabado por Dave Beyer en sus Estudios, Glendale, California

Guitarras reamplificadas por Shawn Lyon en sus Estudios, Los Ángeles, California

EN TOLERANCIA
Mona Seda – Voz y Trompeta
Héctor Rivera – Voz, Guitarra y Batería
Daniele De Cario – Bajo Eléctrico
Jean Luis Contreras – Guitarra

Guitarras de Jean Luis grabadas por Jean Luis Contreras en los Estudios Gracon, Los Angeles, California

HAZLO YA
Mona Seda – Voz y Trompeta
Héctor Rivera – Voz, Guitarra y Batería
Daniele De Cario – Bajo Eléctrico

EN NOMBRE DE LA PAZ
Mona Seda – Voz y Trompeta
Héctor Rivera – Voz y Guitarra
Daniele De Cario – Bajo Eléctrico
Forrest Robinson – Batería
Mike Basica – Guitarra

BOSSAMBALA
Mona Seda – Fiscorno
Héctor Rivera – Guitarra y Percusiones adicionales
Daniele De Cario – Bajo Acústico
Víctor Salas – Percusiones

Mezclada por Héctor Rivera en los Estudios Riverananda, Los Ángeles, California

LUCHA Y NO TE DES
Mona Seda – Voz y Trompeta
Héctor Rivera – Voz y Guitarra
Daniele De Cario – Bajo Eléctrico
Forrest Robinson – Batería
Mike Basica – Guitarra

LA CANCIÓN DEL MAL
Mona Seda – Voz y Trompeta
Héctor Rivera – Voz y Guitarra
Daniele De Cario – Bajo Eléctrico
Forrest Robinson – Batería
Mike Basica – Guitarra

LA GENTE LA CAGA
Mona Seda – Voz
Héctor Rivera – Voz, Guitarra y Batería
Daniele De Cario – Bajo Eléctrico

ANHELO LA PAZ (NIÑA DE GUERRA)
Mona Seda – Voz y Trompeta
Héctor Rivera – Voz y Guitarra
Daniele De Cario – Bajo Eléctrico
Forrest Robinson – Batería
Mike Basica – Guitarra
Samantha Rojas – Voz de la introducción

ANTES QUE NO HAYA MÁS AMOR

Mona Seda – Voz y Fiscorno
Héctor Rivera – Voz, Guitarra y Batería adicional
Daniele De Cario – Bajo Eléctrico
Kim Díaz – Batería
Mike Basica – Guitarra

ACTUAR SIN HABLAR

Mona Seda – Voz y Trompeta
Héctor Rivera – Voz y Guitarra
Daniele De Cario – Bajo Eléctrico
Kim Díaz – Batería
Mike Basica – Guitarra

PODER DEL PUEBLO

Mona Seda – Voz y Trompeta
Héctor Rivera – Voz, Guitarra y Batería
John Carfi – Voz del Rap
Daniele De Cario – Bajo Eléctrico
Forrest Robinson – Dumbek
Danielle Hébert – Saz

ADRENALINA Y LIBERTAD

Mona Seda – Voz y Trompeta
Héctor Rivera – Voz y Guitarra
Daniele De Cario – Bajo Eléctrico
Forrest Robinson – Batería

Guitarras reamplificadas por Shawn Lyon en Los Ángeles, California

www.ingramcontent.com/pod-product-compliance
Lightning Source LLC
Chambersburg PA
CBRC101114300726
48978CB00007B/174